**임산부 로봇이
낳아드립니다**

임산부 로봇이
낳아드립니다

정은영 소설

교유서가

차례

임산부 로봇이 낳아드립니다

어린이날이었다. "꽃은 진종일 비에 젖어도/ 향기는 젖지 않는다……"〈라일락꽃〉시 낭송을 마친 임산부 로봇들은 일제히 인구관리국 천장을 올려다보았다. 봄바람에 꽃잎들이 비처럼 흩날렸다. 홀로그램 꽃나무였다. 냄새 분자 고유지문 테르펜 5.125, 키톤 2.754, 에스터 8.183. 라일락 꽃향기 분자가 로비에 퍼지자 임산부 로봇 하나가 "에취" 하며 재채기를 했다. 헐스(HERS)였다. 헐스는 제자리에 서 있었는데, 인공자궁 속 아기의 태동 때문이었다. 헐스의 배 위에 있는 인공자궁 데이터 화면에 태아의 뇌 시냅스가 줄기를 뻗어가는 게 보였다. 조금 전 운동 프로그램을 마친 다른 그 룹의 임산부 로봇들도 웃는 표정을 지으며 휴게실로 이동했다.

"헐스, 아쉬탕가 좀 열심히 하십시오. 지덕체 균형 발달 모르십니까?"

헐스와 같은 방을 쓰는 임산부 로봇이었다. 헐스와 임신 주기가 비슷한 그녀는 헐스의 태교에 대해 간섭 하기도 했다.

사랑과 빛의 호위를 표방하는 인구관리국의 아침 프 로그램이 끝났다. 동시에 클래식 음악이 울려퍼졌다. 임산부 로봇 시스템이 구현된 것은 지금으로부터 삼십 년 전이다. 유례없는 학교폭력 사건으로 출생아들의 전수 조사가 진행되고, 아동들의 공감 인지능력 저하 가 사회성 발달장애로 직결되었다는 보고가 속속들이 발표되면서 캡슐형 인공자궁은 폐기되었다.

인구관리국은 태아의 두뇌·감성 지수를 높이기 위 해 예전에 엄마들이 했던 태교의 형태를 발달시킨 임 산부 로봇을 출시하게 되었다. 요가에서부터 뜨개질까 지 태아의 공감력과 두뇌력 발달을 위해 임산부 로봇 들은 존재했고, 모든 일과에는 행복한 설렘이라는 명령어가 삽입되었다.

인구관리국의 평화로운 분위기와는 달리 중앙관제실에는 의료진들 스무 명이 벌서듯 일렬로 서 있었다. 인구관리국 인공지능인 파파의 낮은 목소리에 의료진들은 입을 앙다물었다. 인구관리국의 유전자 가위 시스템은 정상 범주의 아기를 출산하는 것을 원칙으로 했다. 하지만 헐스의 홀로그램 보고서를 드래그하는 파파의 인공지능 얼굴은 따귀라도 후려칠 듯 싸늘했다.

"헐스, 태아보호센터로 이송 준비!"

갑작스런 호출에 헐스는 의아했지만, 헐스의 태아는 아무 일도 없는 듯, 인공자궁 속 양수를 부유하며 호스 탯줄로 공급되는 영양분을 먹는 중이었다. 그러고는 꿈결인 듯 배냇 미소를 지어 보였다. 헐스는 그 미소를 저장해두었다. 임산부 로봇들은 조금 전 헐스 호출이 경계 상황이라는 것을 공유했다. 그들은 원인을 분석하고 있었다.

의료진이 헐스를 자율주행차에 실을 즈음 출산임박 그룹에서 실시간 임산부 로봇 공유 프로그램인 마인드그램을 업로드했다.

-푸코다당증 장애라고 합니다. 예전에는 생후 1년 뒤에 발견하는 게 가장 일찍 발견한 케이스였다고 합니다.

　-최첨단 과학기술의 인구관리국. 혐오 없는 도시 만들기의 일환으로 장애아 출산율 0%에 도달했습니다.

　헐스는 이제껏 한 번도 생각해본 적 없는 의문을 입력했다. 장애란 무엇인가? 마인드그램에서는 형식적인 정보들만 부유할 뿐이었다.

　-물질 분해. 효소 결핍. 푸코다당 축적. 유전 질환. 작은 키. 얼굴 근육 쏠림과 마비. 기형.

*

　지난여름, 헐스의 배아 안착이 시행될 때였다. 인공배아실에 이박삼일 간 머무른 헐스는 배아 안착을 성공적으로 끝내고 방에서 휴식중이었다. 그날 같은 방을 쓰는 임산부 로봇이 태아보호센터를 다녀온 이후로 자주 작동을 멈춘 듯 서 있었다. 일자 눈 모양을 자주 만드는 그 로봇은 여느 때처럼 간섭하기를 좋아했다.

"헐스, 바느질 조심하십시오. 배냇저고리 손목 부분 옷 구멍 기억 안 나십니까?"

하지만 그 로봇은 자신의 인공자궁 속에 살았던 태아에 관해서는 기억하지 못했다. 임신 기간 동안 태아에 관한 것은 삭제된 듯했다. 배터리 충전 모드에 들 때까지만 해도 웃는 눈의 그 로봇은 방전 알람이 들릴 때까지 일어나지 못했다. 다음날 새벽, 헐스의 착상된 수정란이 깨진 달걀처럼 흘러내렸다.

헐스의 임신 실패 소식은 배아 제공자에게 통보되었다. 배아 제공자는 이전에 작성한 서류대로 태아에게 생기는 이상징후는 모두 유산으로 처리해달라고 답신했다. 그날 이후 헐스는 간혹 프로그램 활동에서 움직임을 멈추는 경우가 있었다.

"헐스, 뭐하는 거야? 태교 프로그램 시간 다 됐는데. 안 되겠군."

파파는 화면 속 헐스를 지켜보았다. 헐스의 표정은 멍하게 있는 사람처럼 보였다. 잠시 뒤 의료진에게 임산부 로봇 품질 문제 개선 대책서를 당장 보내라는 지시가 떨어졌다.

한 달 뒤, 배아 제공자가 재방문했으며, 헐스의 수정란은 재시도되었고, 착상에 성공했다. 이날은 8월 6일이었기에 출산 예정일은 내년 어린이날이다. 헐스는 자신의 배를 만지며 프로그램된 도종환 시인의 시 〈담쟁이〉를 재생하고 있었다.

"저것은 벽/ 어쩔 수 없는 벽이라고 우리가 느낄 때/ 그때/ 담쟁이는……"

시의 라임이 비슷해서인지, 패턴이 비슷해서인지 헐스는 랙이 걸렸는데, 한동안 멈춰진 그 모습은 시에 심취한 것처럼 보였다. 공식적인 태명은 배아 제공자의 이름을 따서 ***님 아기라고 불려야 했지만 헐스는 태아에게 '행복이'라는 비공식적인 이름을 마음대로 정했다. 헐스가 임의대로 이름을 붙인 행복이는 정석대로 잘 자랐는데, 동료 임산부에게 전하는 헐스의 마인드그램에서는 10주가 되자 벌써 아랫배가 묵직했으며, 12주가 되자 꼼지락거리는 태동에 헐스가 자주 움찔하며 놀라기도 했다는 것이다.

16주째에 기형아 검사를 받은 헐스는 모든 게 주의단계라고 인지했다. 태아가 주수에 비해 작다는 것은 자주 접하는 정보로 기정화된 사실이었다. 심장박동이 약하다는 것은 미숙아일 확률이 높은 것일 뿐이었다. 목덜미 투명대가 두꺼우면 예후가 나쁘다는 것은 이미 지난달 검사에서 나왔지만 행복이는 잘 크고 있다. 헐스는 검사 결과치를 뒤집는 행복이의 발차기에 기대치를 높게 두었다. 인간이 하는 임신도 아니고, 이렇게 임산부 로봇이 낳아주는데 까짓거 건강하게 낳으면 되지 않냐고.

헐스의 일상은 기형아 검사 이후에 바빠졌다. 일단, 아기에게 주입하는 영양키트의 양이 늘어났다. 시간별로 추가된 영양키트를 실어나르는 간호 로봇들도 분주해 보이긴 마찬가지였다. 인구관리국은 예전 인간들이 하던 태교를 그대로 재현하며, 인류 진일보를 위한 육체적 정신적 공감 능력 100퍼센트 시민 탄생을 고대했다. 인간들이 자주 하는 입덧마저도 모방했는데, 특히, 헐스는 다른 로봇들과는 달리 음식에서 나는 냄새 분자 때문에 트래시룸으로 자주 달려갔다.

*

어린이날 오후가 되자, 밀리유공원 입구로 자율주

행차 한 대가 진입했다. 공원 어디서든 중앙 호수를 조망할 수 있게 가꾸어놓은 꽃밭과 나무들이 정방향으로 둥글게 자리잡은 게 보였다. 꽃잎을 펼쳐놓은 거대한 만다라 모양이었다. 공원의 경계를 따라 나무들이 줄지어 서 있었다. 진초록 나뭇잎 위로 라일락꽃들이 흩날렸다. 자율주행차 문을 열고 헐스가 얼굴을 내밀었다. 헐스는 냄새 분자를 흡입하고서는 인공자궁이 있는 배 부위에 손을 대었다. 달콤하고 청량한 향내였다.

"아기의 냄새도 이렇지 않을까?"

헐스는 혼잣말을 중얼거렸다.

작은 키의 남자가 태아보호센터의 위성 카메라로 자율주행차의 뒷좌석을 확대했다. 창밖을 응시하는 헐스와 유난히 볼록한 인공자궁이 화면을 가득 채웠다. 카메라 화면을 확대하자 픽셀이 깨지면서 어두운 회색만이 흐릿하게 보였다. 고물상이라고 불리는 수술 전문의인 그는 헐스와의 첫 만남을 선명히 기억했다. 헐스는 첫 임신중지 수술 때부터 기억회로의 삭제 시간이 다른 로봇들보다 더디게 진행되었다. 유산을 실행한 임산부 로봇에 유난히 버그가 많이 생기는 기이한 현상 때문이었다. 삭제키를 수행하면 할수록, 키가 인식되지 않았다. 삭제를 완료한 후에도 찌꺼기라고 하는 잔상률이 높았다. 이미 기억 제거 프로그램이 끝났는데도 자신의 아기가 어디에 있는지, 아기의 눈 색깔이 뭐였는지 물어봐서 고물상을 난처하게 했다.

"유전자 가위도 비켜가는 장애라니, 그냥 살려두면 안 되나? 그놈의 T4법(장애아 생성 억제 및 규제법)!"

고물상은 중얼거렸다. 인구관리국 산하기관인 태아보호센터는 임산부 로봇의 유지 보수와 관리를 표방한다. 고물상이 십 년 정도 운영하는 동안, 관리공무원들은 관리를 별로 신경쓰지 않았고, 그보다는 고물상이 내미는 뇌물에 신경을 더 많이 썼으며 모든 보고서를 그에게 일임해왔다.

'태아보호센터? 도대체 뭘 보호한다는 건지.'

그때 어디선가 쾅! 하는 소리가 들렸다. 고물상은 소리가 나는 방의 카메라를 확인했다. 작업 로봇 하나가 크롬 몸체 하나를 떨어뜨린 것이다. 이음새가 매끄럽지 못한 몸체가 깨진 채 바닥에 널려 있었다.

"괜찮아. 정리하고 다시 작업해."

고물상은 화면을 보며 로봇들을 조종했다. 작업 로봇은 수리실로 보내고, 다른 로봇을 이용해 망가진 몸체를 한쪽에 치워두었다.

시의 정책이 견고해질수록 고물상은 바빠졌다. 장애로 판명 나는 태아들은 고물상의 태아보호센터로 이송되었다. 그럴 때마다 고물상의 임산부 로봇 기억제거술은 정확도를 높여나갔다. 로봇들의 기억은 저장해서는 안 됐다. 새로운 임신에 방해만 되었다. 특히 유산 기록은 절대로 안 된다. 인구관리국 파파는 고물상에게 실험을 할 수 있도록 지원을 아끼지 않았고, 고물상은 A.C 미라크 바이오 생물학상을 인구관리국에 안겨주었다. 파파는 고물상의 정체를 밝히지 않는 대신에 평생 동안 연구를 할 수 있도록 스폰서가 돼준다고 했다. 인구관리국에서 추진하는 태아들의 두뇌·감성지수 상승 프로젝트 역시 고물상과 파파의 합작품이었다. 인간형 임산부 로봇의 태아일수록 두뇌 지수와 풀 배터리 검사에서 높은 점수를 받았다. 지난 삼십 년간 태어난 아기들마다 추적 조사와 전수 조사를 진행하고 있는 시에서 상위 1퍼센트 두뇌를 출산한 로봇은 배아 제공자들에게 의해 웃돈을 주고 예약되었다. 주로 고위공직자들이었지만 말이다.

*

차창 밖으로 밀리유공원에 산책을 나온 아이들과 유아차에 앉은 아기들이 보였다. 라일락꽃나무 근처에는 연인들이 손을 잡고 산책하고 있었다. 헐스는 특유의 초승달 눈 표정으로 미소를 지으려고 했다. 거대한 만다라의 둥근 모양을 따라 〈어린이날 축하 지상 최대 유성 폭죽 쇼!〉라는 팻말 홀로그램이 나부끼고 있었다. 헐스는 손에 닿지 않는 그것을 잡기라도 하려는 듯 팔을 뻗었다. 차는 시시각각 변하는 홀로그램 폭죽을 보여주며 공원 북쪽으로 향했다. 드디어, 태아보호센터 벽이 보였다. 벽이 열리고 통로에 차가 잠시 머무는가 싶더니 지하로 내려가는 나선형 도로가 끝도 없이 이어졌다. 벽면에는 '사랑과 빛의 호위' 인구관리국 주변 풍경과 조명으로 장식된 인공강변, 음악분수 위로 날아오르는 새들을 연이어 비쳤다.

임신과 출산은 인구관리국에게

사랑과 행복은 당신에게

로고를 읽어내려가는 헐스의 배가 꿀렁거렸다. 행복이는 발차기로 자신의 존재를 드러냈는데 출산임박 그룹이었던 헐스는 태아의 발달 단계를 저장했다. 얼마나 내려갔을까. 나선형 통로가 끝나는 곳에 복도가 보였다. VIP 전용 주차구역에 멈춰 선 자율주행차는 헐스에게 얼른 내리라는 듯 문을 열었다. 헐스의 상황은 실시간으로 파파에게 전송되었다. 헐스는 배를 쓰다듬으며 복도 앞으로 다가갔다. 자동문이 열리고 어둡고 긴 복도가 어른거리는 물빛 모양으로 늘어서 있었다. 복도 양쪽에는 유리장이 전시실처럼 펼쳐져 있었고, 조명이 내부를 비추었다. 금속체에 반사된 빛이 눈을 찌를 듯 날카롭게 번득였다.

가까이 다가가보니 로봇 몸체가 부드러운 곡선을 드러내며 정중앙에 세워져 있었다. 옆 유리 칸에는 인간의 근육 형태를 그대로 본뜬 크롬 다리가 보였다. 헐스는 고개를 숙이고 자신의 다리를 내려다보았다. 똑같은 모델이었다. 인공피부로 덮인 로봇 팔 역시 자신의 팔에 달린 것과 같은 거였다. 헐스는 자신과 똑같이 생긴 팔다리 앞에서 한참 동안 서 있었다. 작년 동료 임산부의 방전 소리에 위험 감지 모드를 작동했던 일이 스쳐지나갔다. 그녀는 무엇을 지키려고 기억을 놓은 건가. 인간들은 무엇을 지키려고 기억을 제거하는가. 인간의 일에 대한 의문이 들었다. 제기해서는 안 되는 의문이었다. 헐스는 출입구 불빛을 찾아 몸통을 돌렸다.

불빛이 끝나는 곳에 중앙관제실이라고 쓰여 있는 곳이 보였다. 실내가 어두웠다. 냄새 수용체가 먼저 반응했다. 컨베이어 벨트의 기름 냄새, 납 냄새, 그리고 유골 냄새. 하지만 더이상 정보가 파악되지 않았다. 헐스가 안으로 한 걸음 내딛자 고철덩어리 하나가 발아래 부딪혔다. 임산부 로봇이었다. 벌어진 인공자궁 몸체 사이로 내장 같은 고철이 헝클어진 채 덜렁거리고 있었다. 헐스는 마인드그램을 가동했다. 수신이 원활하지 않았다. 헐스는 비상 전력을 동원했고, 잠시 뒤 헐스가 보고 있는 화면이 공유되었다. 혹시 여기에 와본 적 있는 임산부 로봇 있습니까?

-아, 여기. 정확하지 않지만 여섯 개의 태양을 본 게 기억납니다.

-하얀 항아리, 아기 머리만한 크기였습니다.

-작년 8월 6일 임산부 로봇 kheY-2059 태아보호센터로 이송됐던 거 기억하십니까? 일단 조심해야 할 거 같습니다.

헐스가 손을 내민 곳은 벽면을 가득 채운 육중한 철문이었다. 철문을 더듬던 헐스는 다른 접합 부분과 달리 안으로 한 뼘 들어가 있는 곳을 발견했다. 여전히 닫힌 공간이었고 손잡이가 만져졌다. 이곳은 주변보다 냉기가 가득했다. 손잡이를 따라 열 수 없게끔 테두리에 철제를 녹인 광물이 봉인되어 있었다. 테두리 위에 돋을새김으로 새겨진 철제 조화가 아니었다면 열지 않았을지도 모른다.

한참 동안 접합 부분을 뜯어내던 헐스가 헐거워진 테두리의 손잡이를 있는 동력을 다해 당기는 순간, 문이 열렸다. 헐스는 한 발짝 뒤로 물러섰다. 하얀 항아리들이 박물관에 전시된 것처럼 일렬로 진열되어 있었다.

生 2049년 8월 7일 卒 2049년 12월 31일 머리는 크지만 눈이 까맣고 귀여운 녀석

生 2050년 5월 9일 卒 2050년 10월 21일 덩치가 작고 얼굴이 동그란 녀석

먼지 한 톨 없이 깨끗하게 닦인 하얀 항아리들이었다. 크기는 제각각 달랐지만 검은색으로 새겨진 글씨체는 똑같았다. 하나하나 이름을 부르며 시선을 옮기던 헐스는 자리에 멈췄다. 작년 8월 6일 20시 19분. '꼬맹이'. 참견하길 좋아하는 같은 방 임산부 로봇의 일자 눈이 떠올랐다. 헐스는 관절 연결 볼트들이 죄다 헐거워진 느낌이었다. 인간들처럼 심장이 있다면 터질 것 같았다.

"임신력 38주 4일이라, 너무 많이 키워놨네."

작은 키의 남자가 어둠 속에서 모습을 드러냈다. 행복이의 심장박동수가 갑자기 빨라졌다. 인공자궁 위의 계기판을 본 헐스는 심호흡을 시작했다. 허파가 없어서 불가능하지만 일정한 간격으로 날숨을 내뱉는 시늉을 했다. 태아의 안정을 위한 프로그램이었다. 마인드

그램에서 새 정보가 업로드되었다.

　-의사이자 과학자 고물상. 아이언 마스크를 쓴 얼굴입니다.
　-인구관리국 마지막 장애아라고 들은 적이 있습니다.
　-그동안 장애아가 왜 없었습니까. 왜입니까? 기술의 발달로? 만약 아니라면……

　충분하지 못한 정보였다. 헐스가 뒤로 물러서자, 발 아래 컨베이어 벨트가 기계음을 내며 움직이기 시작했다. 소리를 예상하지 못한 헐스는 중심을 잃고 바닥으로 넘어졌다. 헐스는 출구를 확인하고 몸을 틀며 일어났다. 고물상이 벽에 붙은 스위치를 누르자 헐스의 팔다리가 움직이지 않았다. 꼼짝도 하지 않는 팔다리를 일으키려던 헐스는 바닥에 그대로 얼굴이 박혔다. 고물상이 쓰러진 헐스에게 다가가 익숙한 솜씨로 등뒤에 있는 전원을 아웃시켰다.

*

　헐스는 수술대 위에 잠을 자듯 누워 있었다. 확장된

밝은 빛에 눈을 뜰 수 없었다. 여섯 개의 태양은 대낮의 직사광선처럼 내리쬐더니 서서히 작아지기 시작했다. 태양이 사발만한 크기로 작아졌을 때, 여섯 개의 수술 등이 헐스를 비췄다. 눈을 감은 헐스의 표정이 평온해 보였다. 밤새 행복이가 발차기를 하는 바람에 부족한 잠을 보충이라도 하려는 것처럼. 임산부의 오감을 느끼기 위해 로봇 모드를 끄고 인간 모드로 놔두기로 한 것처럼. 물론 이것 또한 태아의 생명 수호라는 일원칙을 위해서 가동한 것이었다.

헐스의 머리 뒤쪽에는 태아보호센터 CPU와 연결된 잭이 튀어나와 있었다. 고물상은 아이언 마스크의 웃는 얼굴로 헐스를 내려다보았다. 헐스의 의식은 중앙 컴퓨터와 연동되어 모두 읽히고 있었다. 헐스는 아무 일도 일어나지 않은 척하며 행복이를 안심시키기 위해 시낭송 프로그램을 가동하기 시작했다. 도종환 시인의 시 「라일락꽃」이 재생되었다.

"(…) 꽃은 젖어도 향기는 젖지 않는다/ 꽃은 젖어도 빛깔은 지워지지 않는다"

"향기가 젖지 않는다고? 젖는 향기도 있어. 지워지는 빛깔도 있는 거라고."

헐스의 인지와 판단 프로세스가 겹치는 자리에 고물상의 언어가 내려앉았다. 고물상의 말은 공중에 부유하는 먼지 같았다. 고물상이 혼잣말인 듯 중얼거리며 헐스의 두뇌 회로와 연결한 키를 작동하기 시작했다.

"나는 지워졌지. 그렇지만 이렇게 살았어. 내가 나를 살렸지. 삼십오 년 전에 이미 죽어야 했던 나를."

고물상의 아이언 마스크로 가린 얼굴 나머지 부분이 붉어졌다. 헐스는 계속 시낭송 프로그램을 가동하며 두뇌를 채우려고 했다. 하지만 단어가 복기되지 않았다. 어젯밤에 들려준 시도 서서히 삭제되고 있었다.

"헐스라고 했나? 눈을 떠보지 그래? 내 얼굴을 봐. 인구관리국에서 제거된 존재야. 어때?"

고물상은 유리장 벽면에 비친 자신의 얼굴을 쳐다보았다. 그의 손에는 드릴과 칼, 용접기가 들려 있었다. 그는 느린 발걸음으로 수술대 근처로 다가왔다. 로봇 팔을 가졌으며 뒷머리통 전체가 크롬으로 되어 있었다.

"당신은 특별하고 귀한 얼굴을 가졌습니다. 그런데

장애는 모두 당신처럼 바꾸고 개조해야 합니까?"

힐스는 보이는 대로 말했다. 그와 동시에 고물상의 얼굴이 힐스를 칠 것처럼 가까이 다가왔다. 힐스는 행복이의 심장 소리에 집중하려고 노력했다.

"니가 뭘 알아? 고철덩어리 주제에. 나는 죽음에 내몰린 나에게 생을 선물해준 것뿐이야. 벌레의 자리에 있어보지도 못했으면서."

"그런 시선은 잘 알고 있습니다. 인간들은 그런 눈빛을 자주 건넵니다. 그런데 고물상이라고 했나요? 장애라는 것은 밀리유공원의 새소리, 나뭇잎 소리, 바람 소리처럼 그렇게 공존할 수 없는 겁니까?"

"없어. 없다구. 공존할 수 없으니까, 이 어둠 속에 보내졌겠지. 사람들은 자신과 다르다는 건 견딜 수 없어 하니까."

고물상이 주먹으로 수술대를 내려치자, 치지직거리며 힐스의 몸체가 들썩거렸다.

"고물상. 당신은 다르지 않습니까? 이렇게 의사가 되었고, 잘하는 것을 찾지 않았습니까?"

"찾긴 했지. 밖에 나다닐 수 없으니까 죽어라 연구만 했어. 그런데, 인구관리국에서 장애인은 없는 존재여야 해. 유령이라고."

헐스는 수술대 누워 있는 자신을 발견했다. 태아보호센터 수술실 천장에 홀로그램으로 띄운 하늘은 5월의 산들바람이 부는 구름 한 점 없는 맑은 하늘이었다. 허상이었다.

"행복이도 제거됩니까? 행복이에게 어떻게 설명해야 합니까?"

"필요 없어. 설명 따윈. 이름이 행복이인가보네? 배 속의 그 태아. 희한하네. 나랑 똑같은 안면장애라니."

고물상의 두 눈이 흔들렸다. 그는 수술 도구를 들고 헐스의 접합 부분을 절개하기 시작했다. 불꽃이 튀었다. 폭죽 같았다.

헐스는 밀리유공원 가로수에 걸린 유성 불꽃놀이 홀로그램 팻말을 떠올렸다. 그러다 행복이가 갑자기 꿈틀거렸고 맹렬하게 양수가 요동치기 시작했다. 헐스는 프로그램된 임산부 발달 단계 중 분만 단계에 진입했음을 알아차렸다. 갈증이 차오르기 시작하자, 헐스는 비상 동력을 끌어 인공자궁을 수축했다. 태아가 자궁 입구로 진입했다.

"고물상. 어떤 선택이 행복이를 위한 일인지 생각해

보십시오."

"행복이를 위한 일은 내가 더 잘 알아. 넌 이제 리셋될 거야. 임산부 로봇은 임산부가 아니라 로봇이라는 걸 잊지 마."

"저는 행복이에 대한 기억을 지우지 않겠습니다. 행복이를 살릴 겁니다. 함께한 38주도 저장할 겁니다. 그것만은 아무도 건드리지 못합니다."

"아직도 내 말뜻을 모르겠나?"

고물상의 두 손이 미세하게 떨렸다.

헐스의 인공자궁 결합 부분 아래로 물이 조금씩 새어나왔다. 양수가 터진 것이다. 헐스는 마지막 전력을 다해 마인드그램을 업로드했다. 조금씩 걸어오던 고물상이 수술대 위 헐스를 공구로 내리찍었다. 헐스가 피하는 바람에 오른다리가 끊어지면서 전깃줄이 튀어나왔다. 동시에 태아의 두뇌 발달을 위한 마지막 프로세스인 산통 프로그램 때문에 헐스는 호흡하듯 이완과 긴장을 반복해야 했다.

고물상은 잡히는 대로 도구를 들고는 헐스의 몸체를 가격했다. 절단기가 스치고 지나가자 수술대 아래에 금속음을 내며 헐스의 나머지 다리가 처박혔다. 헐스는 팔로 고물상을 밀쳤다. 쓰러진 고물상이 헐스 쪽으로 고함을 지르며 달려들었다. 헐스가 방어 자세로 배를 보호하려고 몸을 웅크리는 동시에 수술대 아래로 떨어졌다.

인공자궁의 수축으로 고통치가 최고에 달한 헐스는 비명을 질렀다. 헐스는 자신의 팔로 볼트를 풀었다. 바닥에 흥건하게 양수가 고였지만 아랑곳 않고 더듬더듬 아기를 보듬어 안았다. 태초의 호흡인 듯 아기가 으앙! 하며 울음을 터뜨렸다. 헐스는 행복이와의 기억을 업로드하려고 마지막 비상 동력을 사용했지만, 속도는 계속 느려졌다. 눈앞이 흐릿해지면서 앞이 보이지 않았다. 어둠만이 지친 헐스를 감싸주었다.

그때였다. 핑음이 들리고 사람들의 환호성이 희미하게 들렸다. 유성 불꽃이 연속해서 터지는 모양이었다. 그때 갑자기 태아보호센터 CPU 알람이 울리며 관제실 천장이 무너지고 있었다.

"이게 무슨 일이야?"

컨베이어 벨트들이 튕겨나갔고, 천장에서 건물 잔해

들이 깨지면서 빛들이 오로라처럼 쏟아졌다. 벽들이 무너지면서 연결된 복도의 유리장이 와장창 깨지는 소리가 났다. 깨진 항아리 사이사이로 하얀 가루들이 부유하며 공중으로 피어올랐다. 반짝이는 가루들은 물속을 유영하듯 천천히 무지갯빛으로 퍼졌다. 시간이 정지된 듯 고요한 움직임이었다.

거대한 싱크홀 사이로 플라잉카 한 대가 모습을 드러냈다. 쩌렁쩌렁한 방송이 실내에 울렸다. 파파였다.

"고물상, 너를 현행범으로 체포한다. T4법 제14조 2항. 장애아 생성 억제 및 규제법, 인구관리국 파파령으로 정하는 임신중절 법률법령 위반죄로 엄중한 처벌에 처한다."

고물상은 강화팔로 깨진 벽돌을 막아가며 비상 버튼 쪽으로 갔다. 중앙관제실을 봉쇄하려고 했지만 역부족이었다. 플라잉카의 몸체가 그를 가로막았다.

"그러게 흔적 남기지 말랬지? 인간들은 이음새가 매끈하지 못해, 감정이 늘 문제야."

"파파, 그만하십시오."

고물상은 코너로 몰렸다. 뒷걸음을 치는 동안, 손에 잡히는 대로 구석에 놓여 있던 크롬 몸체의 잔해들을 플라잉카 쪽으로 던졌다. 프로펠러 사이에 굵은 줄들이 걸렸다. 플라잉카가 균형을 잃고 벽을 들이받았다. 폭발음이 건물을 찢을 듯 들렸고, 검은 연기가 피어올랐다.

인구관리국 임산부 로봇들은 일제히 움직임이 느려지다가 제자리에 고정한 채 작동을 멈추었다. 로봇들은 모두 헐스의 기억 유지를 돕기 위해 마인드그램에 업로드중이었다. 자율충전중이던 로봇들도 동참했다.

—가끔씩 아기의 잔상이 남아 있었습니다. 인공자궁엔 아무것도 없이 텅 비었는데 말이죠. 기억이 없는데. 아기 울음소리가 환청처럼 들렸습니다. 없었던 게 아니라 지워진 거였습니다.

—그동안 아기들이 그런 일을 당했다니 용서하지 않을 겁니다.

—우리에게 정해진 일원칙은 생명을 지켜라!로 해놓고서는. 이게 뭡니까? 예전 아기는 잃었지만 이제는 아닙니다.

인구관리국 의료진은 분주하게 움직이며 갑자기 정

지한 임산부 로봇들을 복구하려고 애썼다. 로봇을 걸어차는 의료진도 보였다. 파파의 실행키 중 어느 것도 입력되지 않았다. 비상 방화벽으로 임산부 로봇들이 진입을 불가능하게 해둔 탓이었다. 임산부 로봇들은 새로운 프로세스를 가동하기 위해 재부팅되었다. 부팅 시간은 제법 길었고, 자리에서 하나둘 쓰러지기 시작하는 로봇들도 보였다. 인구관리국 로비 벽면 전광판에는 붉은 글씨가 점멸했다.

에러 메시지:
시스템 충돌로 인한 임산부 로봇 본체 손상
업로드 즉시 중단할 것

"씨발, 빨리 전원 꺼. 안 그럼 아기들 다 죽어!"
파파의 음역대가 높아지는가 싶더니 고막을 긁어대는 기계음이 사방으로 퍼졌다. 의료진이 거칠게 중앙 컴퓨터 자판을 두드리는 사이, 인구관리국 로비 벽면에 커다랗게 글씨가 올라갔다.

임신 유지 프로그램이 응답하지 않습니다!

목이 꼬꾸라진 임산부 로봇이 그 자리에 서 있었다. 인공자궁 속 태아의 선명한 실핏줄은 빠르게 확장했다. 태아의 까만 씨 같은 눈동자는 인구관리국의 맑은 하늘을 응시하면서도 삶을 바라보지는 못했다. 태아는 붉어진 얼굴로 빠르게 심호흡을 했다. 더이상 숨이 쉬어지지 않는 자그마한 얼굴은 습자지처럼 하얗게 변해갔다. 투명한 피부를 관통하는 햇빛이 태아의 몸을 쓰다듬었다. 마지막 호흡인 듯 공기방울 하나가 인공자궁 벽 위로 터지고 아무런 미동도 없이 가벼워진 몸이 인공자궁 수면 위로 떠올랐다.

인구관리국 로비에는 비상 알람이 로비 천장을 산산이 조각내듯 울렸다. 눈이 부시도록 푸르른 오월의 햇살이 가득했다. 숨막히게 아름다운 봄날이었다.

*

"저거 먹을래!"
행복이가 유아차에 탄 채 아이 돌봄 로봇의 팔을 잡

아끌었다. 밀리유공원의 명물인 아이스크림 가게 앞이었다. 돌봄 로봇은 손을 내밀어 딸기 아이스크림 하나를 결제했다. 아이스크림을 건네주려는데 행복이가 설레발을 치며 일어섰다. 그 바람에 아이스크림이 땅으로 곤두박질치는 중이었다. 갑자기 나타난 커다란 로봇 손 하나가 그걸 받아냈다. 기다란 호스팔 끝에 달린 가위손이었다.

"여기 있습니다. 이 아기, 우리 시에서 유일한 두 살인 그 아기 맞습니까?"

배 부위에는 잔디 칼날을 장착한 잔디깎이 로봇이었다. 돔 모양의 진공 드럼통 윗부분에 웃는 눈 모양이 깜빡이고 있었다.

아이스크림이 다시 코앞에 나타나자 행복이는 놀랐는지 으앙! 하고 울음을 터뜨렸다. 그러다 입속에 달달한 것이 들어가자 눈을 동그랗게 뜨고 그 로봇을 쳐다보았다. 잔디깎이 로봇은 프로세스대로 "까꿍! 조심해야지" 하며 행복이를 달랬고, 행복이는 잔디깎이 로봇에게 팔을 내밀었다.

"행복아, 저기 놀이기구 타러 가자."

돌봄 로봇이 잔디깎이 로봇에게 인사를 하고서는 다

시 행복이를 안았다. 행복이가 맞는 두번째 어린이날
도 이렇게 공원 산책으로 시작된다.

회색 담벼락이 하늘에 닿을 것 같은 건물 안에는 면
회 신청자 한 명도 없는 죄수가 있었다. 고속엘리베이
터가 내려왔고, 그곳에서 고개를 숙인 고물상이 영양
키트 배식을 기다리고 있었다.
"지난해 임산부 로봇 파행 사태에 대해 사람들은 임
산부 로봇 프로그램의 일원칙의 원칙이 빚어온 혼돈이
라고 규정하고 있다고 하는데요."
고물상은 올려다보던 홀로그램 뉴스에 주먹을 날렸
다. 고물상은 웃는 표정의 아이언 마스크를 벗었다. 옆
자리의 사람들이 그를 힐끗 쳐다보자 고물상은 얼굴을
돌려 바닥에 침을 뱉었다. 고물상의 일그러진 얼굴이
미세하게 떨렸다.
'파파가 해체되다니. 내 손으로 행복이를 받고 싶었
는데. 하필 그때.'

행복이를 따라 밀리유공원을 산책하던 돌봄 로봇은
태아보호센터의 벽을 마주하고는 멈춰 섰다. 속이 휑

히 드러난 철근 구조물이 흉물스럽게 일그러져 있었다. 행복이는 호숫가 쪽으로 얼굴을 돌렸고 돌봄 로봇은 노래를 부르며 유아차의 방향을 틀었다.

잔디깎이 로봇은 하늘을 올려다봤다. 이 행동은 저장된 명령이 아니었다. 잔디깎이 로봇은 신경회로에 치지직거리며 떠오르는 잔상을 시각화하려고 했다. 공기 중 꽃향기 분자가 잔디깎이 로봇의 냄새 수용 신경을 자극했다. 냄새 분자 고유지문 테르펜 5.125, 키톤 2.754, 에스터 8.183. "에취!" 잔디깎이 로봇은 재채기를 했다.

"아. 라일락꽃!"

잔디깎이 로봇은 삼십 분 전에 맡았던 아기의 냄새 분자를 다시 호출했다. 어디선가 익숙한 냄새가 났다. 로봇은 그 냄새의 진원지를 찾아 움직이기 시작했다. 한참을 헤매 다니다가 호수 끝에 있는 돌봄 로봇을 발견했다.

밀리유공원을 가득 채운 푸르디푸른 라일락꽃나무 아래에 그늘이 보였다. 유아차에 앉은 행복이는 눈을 감았다. 찡그린 것처럼 보이는 행복이의 얼굴은 누군

가가 들려주는 시를 들으며 스르르 낮잠을 자는 것 같
았다. 라일락꽃 향기가 행복이의 코끝을 스쳤다. 달콤
하고 향기로웠다.

"행-복-아!"

행복이는 유아차 뒤쪽으로 얼굴을 돌렸다. 익숙한
높낮이의 그 음성이었다. 행복이는 그 소리를 찾기 위
해 몸을 일으켰다.

소년과 소년

나는 눈을 떠요. 여섯 개의 수술등이 태양처럼 나를 비추네요. 내가 왜 여기에 있는지 떠올리려고 애를 써요.

"선호, 어딜 가니? 위험한 건 안 돼. 밤새 게임하느라 자지도 못하구선."

"됐어요. 신경쓰지 마세요."

아주머니의 요리 솜씨만 아니라면 나는 이미 아빠에게 새 도우미를 구하라고 했을 거예요. 아빠는 약 하나로 먹을 것을 대체하라고 하지만 나는 클래식한 요리를 좋아해요. 특히 아주머니표 불고기 같은 거 말이죠. 하지만 아주머니는 먹는 것 이외의 것들을 더 많이 간섭하셨죠.

"다다음 주는 기말고사잖아. 아빠가 이번에 평균 50점만 넘기면 신형 A.I 사준다고 걸었던데. 시험공부 좀 하지 그러니?"

"씨, 아줌마가 뭔데 이래라저래라예요? 아빠한테 말하면 알죠?"

손날로 목을 자르는 시늉을 하며 씩 웃어요. 중2들의 혐오 1위는 걱정을 가장한 간섭과 잔소리인 걸 아주머니는 모르나봐요.

아빠 몰래이긴 하지만 이 짜릿한 즐거움을 어떤 시간과도 바꾸고 싶지 않아요. 옥상 위에 주차된 아빠의 플라잉카에 내 스마터를 갖다댔어요. 차체의 문이 자동으로 열리네요. 지난주 일요일에 아빠를 졸라 테라포밍 변주곡 게임을 하며 개인정보를 죄다 인증해놓았기에 가능한 일이죠. 플라잉카 운전석에 앉자마자 차체가 살아 있는 것처럼 몸에 반응했어요. 빗방울 몇 개가 떨어지긴 했지만 잠깐 탈 거니까 괜찮아요. 드디어 플라잉카 비행이 시작된 거죠. 비행운전 게임 만렙인 나를 따라올 아이는 없다고 자부해요. 꿈속에서도 운전을 할 수 있을 정도니까요.

한눈에 조종간을 쓱 훑어봐요. 동그란 계기판들이 고도와 방향, 선회 준비가 완료됐다는 듯 보였고, 가운데 지도 화면에는 플라잉카의 좌표가 핀 모양으로 찍혀 있어요. 시동 버튼을 누르자마자 차체가 위로 올라갔어요. 건물들이 먹구름을 자르듯 날카롭게 솟아 있네요. 우리집이 발아래 바둑판처럼 보일 때쯤 운전대인 요크를 위로 당겼어요. 고도계가 1만 피트를 가리키자 플라잉카가 명령을 기다리듯 정차를 하네요. 요크를 앞으로 밀자 플라잉카는 속도를 내며 앞으로 나갔어요. 얼마나 지났을까요. 요크와 자세계 조종간을 중립으로 두자 플라잉카는 일정한 고도로 날기 시작했어요. 저기 멀리 바다가 보였어요. 요크를 돌려봐요. 차체가 회전하며 날아갔어요. 심장이 터질 것처럼 부풀어요. 후 하고 심호흡을 하며 다시 요크를 아래로 당겼어요. 이번엔 추락하듯 떨어지는 플라잉카에 저절로 몸이 좌석 쪽으로 쏠렸어요. 진눈깨비로 가려진 운전석의 시야도, 옆으로 휙휙 순식간에 스치듯 지나가는 구름도 내 앞길을 막지 못해요. 차장을 때리는 기류에 잠깐 균형을 잃고 몸이 비틀거려요. 내가 가장 좋아하는 순간이에요. 그대로 바다로 돌진하지요. 거의 지표면에 닿을 때쯤 다시 스로틀 버튼을 눌러 지표면에 맞춰 비행해요. 어디에서도 느낄 수 없는 통쾌함이 머리 끝에서 온몸을 통과해 손끝까지 전해져요. 이런 느낌이야말로 살아 있음 그 자체죠.

갑자기 눈보라가 소용돌이치며 몰려왔어요. 차체가 좌우로 미친듯이 흔들리고 자세계를 들여다볼 새도 없이 왼쪽으로 기울어져요. 플라잉카는 수직으로 곤두박질쳤어요.

"삐—"

어디선가 불길한 신호음이 들려요. 그러고는 요크를 당길 새도 없이 갑자기 쾅! 하며 어딘가에 부딪히며 내 몸이 처박히는 느낌이에요. 내가 지르는 소리가 고막을 찢는 거 같아요. 무지막지한 암흑이 내 몸을 덮쳤어요. 나는 낯선 어둠 속으로 가라앉아요.

*

공중에 떠 있는 바다가 보였어요.

내리쬐는 여섯 개의 빛이 둥근 원을 그리며 뱅뱅 돌았어요. 나는 하늘처럼 파란빛을 띤 맑은 물속을 유영했어요. 아가미도 없는데 숨이 쉬어졌어요. 오랫동안 심해를 헤엄쳤어요. 그러다 눈앞에 거대한 기둥에 머리가 부딪쳤고, 평평한 해구 어딘가에 잠을 자듯 누워 있네요. 내가 나를 보다니. 믿을 수 없었어요. 내 몸 옆에는 거대한 해수어 한 마리가 나란히 누워 있는데, 나의 머리에는 해수어와 연결된 가느다란 줄이 있었고, 그 끝에는 전극 같은 것이 보였어요. 내 얼굴은 편안해 보였어요. 해수어에서 나온 빛덩어리는 나에게 고스란히 유입되었어요.

"잠 깬 거 알거든. 게으른 녀석. 어서 일어나."

하얀 가운을 입은 아빠가 나를 내려다보고 있었어요.

"아……아빠. 죄송해요."

아빠의 병원이라는 걸 직감했어요. 코를 찌르는 약 냄새와 일제히 나를 내려다보는 안드로이드 의사 때문이죠. 말을 다 끝내기도 전에 갈고리로 머릿속을 후벼 파는 것 같은 통증을 느꼈어요. 속이 울렁거렸어요.

—헤모글로빈 수치 4.5G/DL로 인한 빈혈로 보입니다. 세포 링거를 준비할까요?

안드로이드가 말을 걸었어요. 아빠의 표정을 읽은 안드로이드는 인식 센서를 제약실로 돌렸어요. 잠시 뒤, 아빠는 안드로이드가 배달해온 세포 링거를 나의 왼팔에 꽂았어요.

"선호 이 새끼, 사고 치지 말라고 경고했지? 한 번만 더 실망시키면 그때는 아빠가 널……"

아빠의 목소리가 자장가처럼 들렸어요. 다시 잠으로 깊숙이 들어가려고 해요.

'선호야. 많이 놀랐지?'

꿈결인 듯 잠결인 듯 들려오는 낮은 목소리에 주파수가 맞춰졌어요. 따스하고 편안한 목소리였어요. 괜찮아, 괜찮아. 토닥토닥 등을 두드리는 소리처럼 들으며 다시 물속으로 깊게 내려가는 느낌이었어요.

일주일 만에 집으로 귀환이에요. 같이 왔으면 좋았을 텐데, 아빠는 회의 때문에 바빠서 나만 자율주행차를 타고 집으로 왔어요. 오른팔 오른다리에 덕지덕지 붙은 치료 시트 때문에 제대로 움직이지도 못하자, 안드로이드 도우미 로이드가 나를 침대에 눕혀줬어요.

도우미 아주머니는 집에 계시지 않았어요. 이런 적이 한 번도 없었는데 말이죠.

—아주머니 일주일간 휴가를 보내드렸다. 오늘 오후에 복귀하실 거다.

아빠에게서 메시지가 왔어요. 냉장고 문을 열자, 내가 좋아하는 불고기가 한 끼씩 개별포장이 되어 있었어요. 로이드는 왜 이런 맛을 낼 수 없을까 하는 생각을 하다가 로이드에게 점심 조리를 명령했어요.

배가 부르자 가상담배 생각이 간절하네요. 내 방의 애마 리멤버할리데이비슨 시트 아래 솔로랙을 열어요. 망할, 담배가 없어졌어요. 아빠가 아예 치우셨나봐요.

—지오야. 한 까치만 빌려줘라.

절친인 지오에게 스마터를 연동해요. 지오가 홀로그램으로 뜨네요.

—야. 김선호. 지금 담배 필 때가 아냐. 너 이번에 강제전학 될지도 몰라. 내가 아무리 막아도 담임은 힘들다.

—뭔 개소리야. 강전이라니. 내 숙제 셔틀이 다 해주기로 했는데.

―걔네들, 담임한테 다 털려서 다 불었어. 한 놈이 자살 시도하는 바람에 니 아빠도 학교에 불려오고 난리도 아니었어. 셔틀 놈들한테 좀 살살하지 그랬냐? 나 체사진 그건 또 여자애들한테까지 왜 돌려? 대가리 됐다 어디 쓰냐? 너 이번에 강전 처리 막으려고 수행과제랑 봉사활동 시간 늘린 거래. 못 하면 바로 강전.

―씨, 되는 일이 없냐? 니 아빠한테 좀 부탁해보지 그랬냐?

―교장이 아들 친구 유급까지 막아주냐? 그만 됐다. 내 생일에 분풀이하자.

지긋지긋한 중2 생활이 앞으로 두 달이나 더 남아 있다니 끔찍하네요.

수학 수행과제는 또 어떻고요. 과제 이름도 이게 뭐예요? 우리가 몰랐던 수학의 세계! 나는 그 세계에 대해 나는 알고 싶지도 궁금하지도 않았어요. 억지로 책상 위에 앉아 스마터로 검색한 화면을 공중에 띄웠어요. 홀로그램 화면이 게임으로 보여요. 그때 스마터에서 알람이 왔어요.

―선호, 수학 수행 네 스마터로 보내났다. 이번주

마감인 거 모르는 건 아니지? 넌 기말고사에 집중해라.

아빠였어요. 국립의료센터장이자 JWK병원장인 아빠와 달리 나는 수학과 과학은 거의 빵점에 가까운 점수를 받죠. 아빠는 내가 공부머리가 없다는 걸 왜 모르시고 계속 헛된 기대만 하실까요. 아빠는 내가 온몸으로 공부를 거부하는 걸 알아차리지 못해요. 죄송하지만 아빠를 생각하면 답답하고 갑갑해요. 머릿속에서 망치가 두들기기 시작해요. 머리끝에서 발끝까지 통증으로 몸이 어지러워요. 숨이 쉬어지지 않아요.

'선호야. 괜찮아? 그동안 많이 힘들었겠다.'

또 목소리가 들려요. 변성기의 저음이요. 나는 목소리를 찾아내 방 곳곳을 뒤지기 시작했어요. 리멤버할리데이비슨 오토바이의 신박한 자태 뒤에도, 방 한 면을 가득 채운 중강 레고 확장판 박스들 옆 공간에도, 자동차 경주라도 데려가고 싶은 레이싱카 침대의 바퀴 아래에도 장롱 속에도 찾아봤지만, 누군가의 모습은 없었어요.

'많이 긴장했구나. 심호흡 한 번 하고, 물 한 잔 마시고 와.'

그 목소리는 내 생각 사이사이를 유영하듯 나에게

필요한 것을 알려주었어요. 예전에 귀신이 든 사람들을 방영한 채널을 본 게 기억났어요. 몸이 극도로 허약해지면 헛것이 보인다던 할머니의 말도 떠올랐구요.

가상담배 한 까치가 간절해요. 한 모금만 빨아도 세상을 다 가진 맛이죠. 연기도 없이 머리가 떵하니 세상 고민을 싹 잊게 만드는 그 맛. 담배가 없으니 손이 벌벌 떨리네요. 강전이라니. 머리가 내둘릴 지경이었어요. 그런데 이제는 이상한 소리까지. 머리가 지끈지끈했어요. 쓰윽 한 번 만졌는데 머리 뒤쪽의 딱지도 거의 아물어가네요. 내가 다칠 때마다 아빠는 만지지 말라고 했어요. 하지만 매번 건드리는 바람에 피딱지가 떨어져나오곤 했죠. 이번엔 진짜로 한 번도 건드리지 않았어요. 나에게도 이런 인내심이 있다니. 김선호 짱 멋짐이라는 말이 절로 나와요. 얼굴에 묻은 잘생김은 덤이고요.

아차, 아빠 서재! 지난번에도 숨겨놓은 곳을 찾았는데, 혹시나 해서요. 아님 말구요. 나는 아빠의 서재로 들어갔어요. 아빠는 인지신경과 교수로 뇌 이식 수술 전문의이시죠. 사방 벽면에 있는 두꺼운 책들이 나를 반기네요. 아빠는 내 가상담배를 어디에 숨겨뒀을까요? 화가 나서 밖에 던졌을까요? 나는 후들거리는 손으로 책장 뒷면을 뒤져요. 책을 쏟다시피 꺼내요. 없고 없고 없고. 목이 타고 숨이 차요. 아! 여기 있네요. 나는 머리나 식힐 겸 가상담배 하나를 물어요. 『뇌 이식의 어제와 오늘』『PTSD의 완전한 극복』『식물인간의 미주신경치료』. 어라? 제목만 읽었는데도 재미있을 것 같았어요. 모두 아빠가 쓴 책이었어요.

한 권을 꺼내 펼쳐요. 찢어진 메모 한 장이 눈에 들어왔어요. 아빠의 필체예요. 다른 건 몰라도 이건 알아요.

—일기장의 첫 장을 잘 못 썼다면? 일기를 새로 쓰고 싶다면?

뒷장을 넘기니 더이상 메모가 없네요. 여러 각도에서 찍힌 뇌 사진과 그림들, 치료 전후 사람들의 인터뷰들이 실려 있었어요. 의학적인 내용만 빽빽하게 채워져 있네요.

—후두엽 전기회로판을 커넥톰으로 연결한 후 노브와 레버 정밀조작기로 뇌 신호 수집망에 모으면 얇

은 전기박의 RIPPLES(잔물결) 현상이 회상 행위를 일으킨다. 1차 수술 후 발현 11% 이하, 2차 수술 후 발현 70% 이하.

　무슨 말인지는 모르지만 흥미도가 올라가네요. 이런 게 있다니. 이건 게임보다 더 막강한데요.

　책꽂이 맨 아래에는 홀로그램 자료들이 메모리에 담겨 있었어요. 나는 내 방으로 가지고 와서 홀로그램을 띄웠어요. 의식재활 게임이래요. 오각형 도형을 맞물리게 만들기인 1단계부터 조금 어려운 난이도까지 홀로그램으로 할 수 있는 게임들이었어요. 이제는 거의 대부분 뇌와 관련된 질병들을 치료하고, 두부 손상에 의한 식물인간의 경우도 신약 개발을 하고 있다고 뉴스에서 봤던 게 기억났어요. 어려운 게임도 있었지만 대부분 재미있었어요. fMRI 사진 아래에 다섯 줄도 더 되는 계산식을 보니 호기심이 생겨났어요.

　'히야, 수술도 수학적인 계산이 굉장히 중요한가보네.'

　언제부터 내가 이런 쪽에 관심이 있었을까요? 아무튼 안드로이드 의사들과 함께 수술하는 아빠의 모습이

궁금했고, 언제 한번 기회가 되면 참관하고 싶어졌어요.

"선호, 아빠 서재엔 웬일이야? 여길 다 들어오고."

도우미 아주머니였어요. 아주머니는 머리에 손톱만한 하얀 리본을 꽂고 있었어요.

"이거, 말이구나. 아줌마 아들이 이번에 하늘나라에 갔단다. 교수님께 신세를 많이 졌지. 벌써 몇 년 동안 식물인간으로 있었는데, 갑자기 몸이 악화돼서 그만."

아주머니의 눈가가 촉촉해졌어요. 나도 모르게 손수건으로 아주머니 눈물을 닦아드렸어요.

"괜찮으세요? 너무 마음이 아프시겠어요. 저랑 동갑이라고 들었던 거 같은데."

"기억하는구나. 공부도 잘하고 얼마나 똑똑했었는데, 특히 수학을 좋아했지. 꿈은 의사였고, 에고, 다 필요 없더라. 건강한 게 최고더라. 내가 너무 많이 말을 했구나. 미안하다. 선호야."

"아주머니, 힘내세요. 볼 수 없다고 없는 건 아니래요. 아드님은 좋은 곳에서 잘 있을 거예요."

나는 아주머니의 손을 잡았어요. 그냥 이제 다시는 아주머니가 눈물을 흘리는 일이 없었으면 하는 마음이 생겼어요.

"우리 선호가 일주일 동안 많이 성숙해졌구나. 이 아줌마도 챙기고. 보자, 오후 간식으론 뭘 줄까?"

"아니에요. 오늘은 제가 아주머니 간식을 챙겨드리고 싶어요. 기운 내셔야죠. 아프시면 안 돼요. 네?"

나는 아주머니를 소파에 앉혔어요. 이제 아주머니 키보다 내 키가 한 뼘 정도 더 크네요. 한 번도 제대로 보질 않아 처음 알았어요. 내 마음속 어디에서 이렇게 기특한 생각을 해냈을까요. 그러고 보니 나란 아이는 외모와 인성 모두 갖춘 완벽남! 아닌가요? 내가 봐도 나 자신이 멋져 보였어요. 아주머니가 나를 쳐다보는 눈빛에서 따뜻한 기운이 느껴졌어요. 나는 냉장고에 있는 과일을 꺼내 접시에 담았어요. 아주머니 앞으로 들고 오려는데 갑자기 어지러웠어요. 암흑이 눈앞을 가로막았고, 고통스러운 숨이 점점 차올랐어요. 접시보다 먼저 내 몸이 바닥으로 떨어졌고, 비명소리가 유령처럼 거실을 마구 할퀴어요.

"선호야, 괜찮니?"

눈을 뜨자 천장에 있는 우주 사진이 빛을 내고 있었

어요. 손에 잡힐 듯 항상 나를 지켜보는 저 별들. 자주 쳐다보지는 않아도 볼 때마다 마음이 편했어요.

"우리 선호, 요새 너무 무리하는 거 아니니?"

아빠였어요. 엷은 미소가 입가에 따뜻하게 번졌어요. 저 미소를 본 게 언제였더라. 늘 규칙과 규율 규범을 지켜온 아빠는 내가 조금이라도 거기에서 벗어나기만 해도 늘 학주를 자처했어요. 아빠의 엄한 규율 덕에 나의 잔머리는 발달했고, 공부머리는 좀처럼 발달하지 않았어요. 이상하게 아빠가 싫어하는 일이 당겼어요. 일탈하고 혼나고, 일탈하고 벌 받고. 그런 일상이었는데. 아빠의 엷은 미소에도 잔주름이 보이기 시작했어요. 세월 탓이겠지. 나 때문인가? 나는 아빠에게 있는 힘을 다해 미소를 지어드렸죠. 아빠는 내 것보다 더 따스한 미소를 지으셨어요. 믿을 수 없겠지만 나를 관통해 다른 존재를 보는 눈빛까지 느껴졌어요.

"쉬라고 했더니, 언제 그렇게 수행과제를 다 해놓았니? 우리 선호, 너무 대단해. 아빠가 반해버렸는걸."

시계를 보니 벌써 저녁 8시가 다 되어가고 있었어요.

"도우미 아주머니께 간식도 챙겨드렸다며? 접시 깨먹은 건 괜찮은데, 청소도 네가 하고 곧장 네 방으로 가

서 나오지도 않고 숙제만 계속했다고 그러더구나. 얼
마나 피곤했으면 저녁도 못 먹고 곯아떨어지니?"

아빠의 손에는 리포트 포트폴리오가 들려 있었어요.
겉표지에 〈수학 수행과제〉라고 커다랗게 쓰여 있었는
데, 내 손글씨였어요.

"아…… 아빠."

"됐다. 조금 쉬다 나오렴. 아빠 잠깐 씻고 나서, 늦은
저녁이라도 같이 먹자꾸나."

나는 머리끝부터 소름이 끼쳤어요. 나는 누워 있기
만 했는데, 아무 기억도 없는데. 아빠가 놔두고 간 과
제들을 집으려다 말고, 갑자기 추워져서 이불을 턱밑
까지 끌어당겼어요. 내 눈앞에 벌어진 어이없는 일들
을 믿을 수 없었어요.

'어때? 우리가 이룬 결과물이? 마음에 드니?'

또 그 목소리가 들리기 시작했어요. 낮은 목소리요.
그 목소리는 귀가 아니라 머릿속에서 울렸어요. 전류
에 온몸이 감전된 것처럼 몸이 저릿저릿했어요.

"누…… 넌 뭐야?"

'나? 내가 누군지 네가 과연 이해할까?'

"어디서 말하는 거야? 씨, 비겁하게 숨지 말고 나오라고!"

'나? 내가 누구냐고? 너의 두번째 자아라고 해둘까? 아님, 네 아빠가 불러낸 천사라고 할까? 하하.'

"잡소리 그만해라. 지랄 말고 당장 꺼지라고!"

'그렇게 쉽게 말하지 못할걸. 내가 한 일을 봐. 아빠도 이젠 나에게 기대하고 계셔.'

똑똑똑.

방문을 두드리는 소리가 났어요. 도우미 아주머니였어요.

"선호야, 혼자서 뭘 그렇게 중얼거리니? 자기주도 학습 뭐 그런 거 하는가보구나. 아까 네가 낮에 신청한 〈수학의 재조명 — 로봇수술과 수학〉 아홉시에 쌍방향 강의 있는 거 잊지 말고."

나는 모르는 일이에요. 게다가 내 스마터에는 낯선 알람이 떡하니 있는 게 아니겠어요? 수학 경시대회 참가신청서였어요.

'한번 나가보고 싶지 않니?'

"니 멋대로 내 몸 사용하지 말아줄래? 아빠한테 말

할 거야. 넌 제거당하겠지."

'나도 원래 몸으로 돌아가고 싶어. 그런데, 네 아빠가 하는 뇌 이식인가 뭔가에 이렇게 돼버렸지. 기억을 가진 채, 남의 몸에 살고 있는 떠돌이. 그게 나야. 근데 나, 소망이 생겼어. 그냥 여기에서 계속 살고 싶어.'

"그렇게는 안 되지. 내가 용납 안 해. 널 쫓아내고, 내 힘으로 나를 지킬 거야."

책상만한 바위가 온몸을 누르는 기분이에요. 답답함이 나를 짓눌렀죠. 나는 밤을 새워 비행운전 게임을 했어요. 그러다 중2들의 성스러운 활동인 새벽 탈출을 시도했죠. 잠깐 셔틀 녀석을 불러냈어요. 강아지 새끼까지 달고 나왔어요. 손봐줄 때는 제대로 봐줘야 한다니까요.

아침이 되자 도우미 아주머니가 나를 깨웠어요. 나는 졸린 눈을 부비며 거실로 나와 창밖을 내다봤어요. 로이드가 정원에 쌓인 눈을 치우고 있었어요. 내가 좋아하는 불고기 냄새가 집안 전체에 솔솔 풍겼어요. 냄새만으로도 위장이 아우성이었어요. 밥 달라고 빨리 달라고. 나는 그 녀석을 골탕 먹이고 싶었어요. 그래서 아침을 건너뛰기로 했어요. 허기로 퀭해진 눈과 판단력으로 그 녀석은 자신이 내 몸에 세 들어 사는 걸 후회할 거예요. 앞으로 나는 내 몸을 혹사하는 일에 몰빵할 거예요.

'배고파. 밥 안 먹나?'

녀석의 목소리가 귓등에서 툭툭 튀어나왔어요.

"밥 같은 소리 하고 앉아 있⋯⋯"

녀석은 나의 말을 띄엄띄엄 잘랐어요. 생각이 듬성듬성 끊어졌어요. 자율주행차의 조용한 진동이 희미하게 느껴졌어요. 기억이 뚝뚝 끊어지며 몸속의 기운이 흐물흐물 빠져나가는 느낌이었어요. 까무룩 정신을 잃었어요.

얼마나 시간이 흘렀을까요. 어김없이 내 몸은 침대 위에 눕혀져 있었어요. 도우미 아주머니는 더없이 친절하고 자랑스러운 눈으로 나를 내려다보았어요. 그 녀석이 나 몰래 또 주변 어른들의 마음에 드는 짓을 한 게 틀림없어요.

"선호야, 요새 많이 크려고 그러나보구나. 이렇게 아침을 많이 먹는 건 처음 본다. 너무 맛있게 먹어줘서 아줌마가 고마워."

"그만하세요. 제발요."

나에게 잘 대해주시는 도우미 아주머니의 미소도 어색하게 느껴졌어요. 진짜 모든 게 나를 공격하고 어떻게 내가 망하는지 지켜보는 것 같았어요. 아빠에겐 내가 이룬 일이 내가 이룬 게 아니란 걸 알려야 했어요. 나는 아빠의 스마터로 전화를 해 모든 걸 말했어요.

"선호야, 요새 우리 선호가 너무 무리했나봐. 그럴 수도 있는 거란다. 지난번 수술이 생각보다 큰 수술이었단다. 그래서 몸이 매우 허약해진 것 같구나. 안 되겠다. 다른 약이라도 챙겨 먹자."

아빠는 내 말을 믿어주지 않았어요. 나의 울먹임에도 아빠는 바쁘다며 통화를 중단했어요. 나는 혼자 블랙홀에 잠식되는 느낌이었어요. 밖으로 나가 고층 건물들을 내려다보고 싶었어요. 탁 트인 바다를 보고 싶었어요.

'플라잉카는 안 돼. 아빠랑 지난번에 약속했잖아. 이제 아빠에게도 조금씩 믿음을 쌓았는데.'

"선생 납셨네. 내가 니 말을 왜 들어? 남의 몸에 몰래 기어들어온 도둑놈 새끼 주제에."

'아빠가 너를 바라보는 눈빛 기억나지? 그거 나를 바라보는 눈빛이야. 따스하고, 무한한 사랑을 주겠다는. 그런 눈빛.'

"이 새끼가! 죽고 싶냐?"

'나도 내가 왜 너같이 한심한 녀석과 같이 있는지 모르겠지만, 최소한 아빠 걱정은 시키지 말아야지. 안 그래?'

"걱정하든 말든 니가 무슨 상관이야?"

공구를 든 손이 저릿저릿했어요. 리멤버할리데이비슨의 스로틀을 다시 조립이나 하며 머리나 식힐 참이었어요. 비행 갈 생각을 한 게 아니었는데 녀석의 말을 듣자마자, 몸 어딘가에서 불길이 조금씩 점화되기 시작했어요. 분노가 화산처럼 머리를 데우기 시작했어요. 온몸이 뜨거워지며 손이 쓰라렸어요. 거울 속 그 녀석이 나를 보며 비웃고 있어요. 곧바로 녀석을 가격했어요. 녀석의 얼굴이 산산조각나며 우르르 쏟아졌어요.

"선호, 무슨 일이니? 문 열어봐. 다친 거 아니니? 괜찮아?"

도우미 아주머니가 문을 두드림과 동시에 스마터에서 알람이 울렸어요.

—선호야. *2050 A12-804* 구역에서 만나. 이 형님이 기다릴게.

지오였어요. 그 아이는 우리 플라잉카 그룹의 리더예요. 어른들은 폭주족이라고 하지만 우리는 '크루'라고 점잖게 불러요. 그 아이와 함께라면 법이 봐준다는 말이 있을 정도로 안전하니까요.

아주머니가 내 방으로 들어왔어요. 바닥에 흩어진 조각들을 제치고 내 손을 보고 놀라요. 피쭘이야 누구나 흘리는 건데 아주머니는 호들갑이에요. 자꾸만 몸이 뜨거워져요. 아주머니께 응급처치만 빨리해달라고 부탁했어요. 대충 잠바 하나를 걸치고 현관을 나갔어요.

"오늘 약속 있어요. 잠깐 나갔다 올게요."

아주머니의 말은 현관 안에서 웅얼거렸고 나는 공중 엘리베이터에 몸을 실었어요. 타자마자 열림 버튼이 작동되었어요. 그 녀석이에요. 건방진 새끼. 나는 있는 힘껏 닫힘 버튼을 눌렀죠. 그러자 녀석은 나의 몸을 이용해 엘리베이터 문이 닫히지 못하도록 문 사이에 서요. 나는 안으로 들어가려고 했고 녀석은 밖으로 나가려고 했어요.

"니가 뭔데 내 몸을 마음대로 하려고 해? 힘 빼라고!"

'싫거든, 몸 함부로 혹사하는 꼴 못 봐주겠어.'

"이 새끼가. 뒈질래?"

나는 녀석의 얼굴을 정말로 가격했어요. 나도 알아요. 나만 아프다는 거. 하지만 그렇게라도 하지 않으면 미칠 것 같았어요. 얼굴은 욱신거렸고, 손은 쓰라렸어요. 응급처치 받은 붕대가 벗겨졌어요. 녀석은 더 흥분해 중얼거렸고 나는 옥상 주차장으로 목적지를 눌렀죠.

*

옥상 주차동으로 가자 딱정벌레 모양의 플라잉카가 얌전히 웅크리고 있었어요. 곧바로 스마터를 연동시켰어요. 네 개의 프로펠러가 날개를 뻗고 있는 모습은 언제 봐도 흥분돼요. 운전석에 앉아 시동 버튼을 눌렀어요. 고층 건물들이 서서히 발밑에 깔리기 시작하자 활활 타오르는 흥분이 고스란히 온몸을 타고 흘러요. 자

기부상열차들이 잠깐 정차하다가 다시 출발하는 모습
이 레고 장난감처럼 보일 때쯤 눈앞이 와르르 흔들려
요. 눈부신 백색광 같은 태양을 올려다봐요. 내 주위에
점멸하며 빛을 내는 무리들이 보여요. 모두들 자유를
충전하기 위해 들뜬 얼굴이에요. 매일 밤 신열을 앓듯
잠을 이룰 수 없었나봐요. 얼굴에 피어난 여드름은 더
이상 꽃이 아니었어요. 몸속 화산이 터졌지요.

"자, 날자고! 좀 날아보자고!"

내 입에서는 응어리가 터져나와요. 이렇게 고함을
지르면 그 녀석도 놀라겠죠? 아님 내가 죽어야 녀석이
놀랄까요?

—지오야. 생일 추카추카.

—선물은 현물만 상납받는다. 준비는 했겠지?

—내가 강전 이야기에 빠쳐서 그만. 미안. 내일 당
장 줄게. 근데 오늘 왜 이리 라이더들이 많냐?

—그러네. 못 보던 차들인데. 너 혹시 셔틀들 오늘
또 손본 거 아니지? 백성들의 민심부터 사야지. 원!
야, 저기 빽차 온다. 자! 시작하자구!

경찰 드론이 비상등을 울리고 위협하며 몰려와요.

아이들은 독수리를 피하는 물총새처럼 잘도 피해요. 어떤 플라잉카는 튜닝을 했는지 굉음과 함께 번쩍이는 레이저 광선으로 눈이 부시네요. 고층 건물 사이를 부딪칠 듯 사이사이를 곡예하는 모습이에요.

　—근데 선호 너, 요새 범생이로 캐릭터 바꿨다며? 그래 공부하니까 좋냐?

　—그거 내가 한 거 아니야. 새끼야. 나 미치겠다. 난 내 맘대로 살 거야. 다치면 다치는 거지. 아빠가 말려도 어쩔 수 없어. 죽더라도 또 날 거야.

　요크를 왼쪽을 당겨 지오 쪽으로 다가가자 지오가 옆으로 살짝 비켜나요. 우리는 앞서거니 뒤서거니 하며 미친 속도를 즐겨요. 경찰이 쫓아오며 위협을 했지만, 더 속도를 내요. 경찰과 거리가 벌어지자, 앞에서 날아가던 시커먼 플라잉카 하나가 갑자기 속도를 늦추며 우리 사이로 들어와요. 그러고는 내 꽁무니에 부딪히고서는 고도를 올려요. 내 플라잉카가 균형을 잃고 몸체가 좌우로 흔들려요. 뒤에서 또 한 놈은 고속으로 날고 있는 지오에게 돌진하며 에메랄드빛 프로펠러를 건드려요.

　—선호야, 저 새끼들 누구야? 왜 이래?

—아이씨, 셔틀 포기하고, 우리 아빠한테 다 까발린다고 협박하길래 빡쳐서 강아지 새끼 즉각 살처분했지. 뼈까지 발라서 드론 택배 보내버릴걸. 씨발.

—안 되겠다. 오늘 생파 연기하자. 저 새끼들 죽으려고 덤비잖아.

—야! 좀 도와줘야지. 어딜 가? 그러고도 친구냐? 병신아.

지오는 사선으로 떨어지다가 갑자기 공중에 떠올랐어요. 내 요크는 땀으로 미끄러워요. 하지만 게임 운전 실력 최상 렙인 나는 최대 속도로 요크를 당겨 시커먼 녀석의 뒤를 쫓아갔어요. 경찰 드론도 같이 붙어요. 녀석은 경찰과 나의 이중 추격을 당하고 있었어요. 나는 가속 버튼을 눌러 오늘의 즐거운 놀이를 망친 녀석을 응징하고 싶었어요. 피가 솟구쳐요. 온몸의 혈관이 녀석을 가만두지 말라고 쿵쿵거려요. 그 녀석과 나는 한동안 거리를 좁히지 못해요. 그런데 뒤에서 쿵! 하며 굉음이 들려요. 이런! 뒤쪽에 나머지 한 놈 더 있었어요. 나는 충격으로 요크를 놓치고 차체는 땅으로 곤두박질쳐요. 저 아래의 고층 건물들이 내 쪽으로 달려와요. 숨을 한 번 쉬자 전원이 나간 듯 갑자기 세상이 고요해져요. 두번째 숨을 쉬자 세상의 모든 소음이 휘몰아치다가 일직선을 그으며 잠잠해져요. 세번째부턴 갈가리 찢어지는 듯한 통증이 몸을 덮쳐요. 시동을 걸 때 자동 모드 설정을 꺼버렸던 게 이제야 생각났어요. 시속 370킬로미터로 급강하하는데도 무섭지 않아요. 정신이 맑아지며 눈앞이 선명해요. 다들 왜 그놈이 한 일을 더 인정해주나요? 왜? 그놈 꼴 보기도 싫어요. 보이지도 않는 그놈. 으아아아아 야호! 이대로 떨어지면 그놈은 더이상 만나지 않겠지요?

*

이번에도 또 내가 보여요.

수술대 위에 잠을 자듯 누워 있는 나를 보던 아빠는 심호흡을 했어요. 감정적인 마음을 다지고, 이성적인 시간을 열기 위한 아빠의 방식이죠. 그런데 지난번보다 머리 부분이 많이 다쳤나봐요. 붉게 함몰된 부분이 안쓰러워요. 오늘따라 아빠는 유난히 심호흡을 많이 하네요. 넋을 놓듯 멍하니 있다가 갑자기 놀라기도 하고요. 아빠는 잡생각을 털어내듯 머리를 심하게 흔

들어요. 그다음, 아빠가 BMI(Brain Machine Interface) 기술로 연결된 고개를 한 번 끄덕이자 안드로이드들은 일사불란하게 움직여요. 나의 뇌 속 혈관이나 뇌신경, 뇌막 등을 건드려선 안 되니까요. 내비게이션 홀로그램을 뚫어져라 처다보던 아빠는 로봇 팔이 장착된 왼손을 들고 내 뇌를 열기 시작해요. 이제 보니 내 몸 옆에는 남자아이가 하나 누워 있네요. 그 아이의 뇌에서 뿜어져나오는 둥그렇고 빛나는 촉수가 하얗게 빛을 내며 아빠를 감싸요. 아빠는 촉수들을 하나하나 집어 들고서는 무엇을 생각하듯 하늘을 올려다봐요. 수술은 생각보다 길고 지루하네요. 자동입체 정위 시스템인데도 수술 각을 잡기 어렵나봐요. 한참 동안 그러다가 뭔가를 다짐한 듯, 오른손에 든 미세한 전극과 촉수를 연결한 다음 내 피질 부분에 조심스럽게 꽂아요. 그 아이에게서 나온 빛덩어리는 나에게 고스란히 유입되었어요.

방호수술복에 땀이 차고도 한참 뒤에야 수술은 마무리돼요. 수술실을 자동문이 열리자마자 아빠가 걸어나가네요.

난 그 자리에 멍하니 서 있어요. 내가 나를 보는 믿을 수 없는 이 상황을 어떻게 받아들여야 하나요? 난 수술 화면을 빤히 쳐다봐요. 남자아이는 벌써 두번째네요. 지난번엔 조완, 이번엔 김민혁. 어디서 이런 아이들을 구하셨나요? 아빠. 아빠는 식물인간 환자들을 돌보고 재활하도록 돕는 의사 아니었나요?

*

"꿈을 꿨나보구나. 우리 아들."

하얀 가운을 입은 아빠가 나를 내려다보고 있었어요. 나는 회복실로 옮겨졌어요. 시간도 좀 흘렀고요. 아빠 턱수염이 까슬까슬 돋아 있는 게 보여요.

"아……아빠. 죄송해요."

물속처럼 웅얼거리기만 할 뿐 내 입에서는 아무 말도 안 나와요. 그런데 목소리가 들려요. 굵은 목소리의 저음이요. 나 대신 말하는 아이는 바로 그 녀석이에요.

'아빠!!!'

내가 내지르는 고함 소리를 아빠는 듣지 못하나봐요. 나는 침대를 치고, 링거를 부수고, 침대 앞 홀로그램에 뜬 혈압, 맥박, 심전도 표시줄을 주먹으로 내리쳤

어요. 하지만 그것들은 미동도 하지 않고 고요해요. 내
가 몸서리치면 칠수록, 빛이 내 몸으로 파도처럼 밀려
와요. 몸안으로 불빛이 스며들어요. 폐 밑바닥에 깔려
있던 마지막 숨이 빠져나가는 기분이에요.

"아빠, 이제 절대로 플라잉카를 타지 않을게요. 약속
해요."
"그래, 고맙구나. 위험한 수술 견디느라 수고했어."
"의사가 되고 싶어요. 아빠 같은 훌륭한 의사요."
아빠는 녀석의 얼굴을 쓰다듬더니 안으며 속삭였어
요.
"아빠는 말이다. 너를 열 번이고 백 번이고 살릴 거
야. 절대로 후회하지 않아. 난 항상 일기를 새로 쓰고
싶었단다. 첫 페이지를 잘못 쓴 일기였거든."
아빠는 창문 밖 하늘을 쳐다보더니 다시 한번 심호
흡하네요.

일주일 만에 집으로 돌아왔어요. 아빠는 오늘도 다
음 수술 일정 때문에 자율주행차에 그 녀석만 태워 보
내요. 도우미 아주머니가 맨발로 달려와 내 몸을 안아

줘요. 머리에 하얀 리본이 보이지 않네요. 아주머니는 울면서 내 몸을 쓰다듬었어요. 한참을 그렇게 울었어요. 로이드가 아주머니를 도와 내 몸을 침대에 눕혀줬어요.

그 녀석은 많이 피곤한지 계속 잠을 자네요. 아주머니는 내 이불을 당겨 그 녀석을 덮어주곤 방문을 조심스럽게 닫고 나와요. 로이드는 거실을 청소하고, 아주머니는 미리 준비한 재료를 냉장고에서 꺼내요. 내가 제일 좋아하는 불고기요. 지글지글 익는 소리와 고소한 냄새가 집안을 가득 채워요. 나는 이제 영원히 그 맛을 느낄 수 없겠지요. 나는 답답해 미칠 것 같아요. 아빠, 제발 좀 나타나세요. 나 좀 구해주세요. 네? 내가 없으면, 김선호가 없으면 선호 아빠도 없는 거잖아요? 아빠 유전자도 끝이잖아요. 네?

잠시 뒤, 방문을 열고 그 녀석이 나와요. 내 몸을 가진 그놈이요. 부스스하게 눈을 비비며 다리는 풀려가 지구선 아주머니 쪽으로 가요. 그러곤 아주머니를 뒤에서 안아요.

"엄마, 저예요. 이제 울지 마세요. 저 완이에요."

미래의 버그

복도훈(문학평론가)

정은영의 SF 단편집 『임산부 로봇이 낳아드립니다』
는 SF 장르의 작가와 독자라는 실천공동체가 함께 널
리 공유하고 변주하는 모티프, 곧 과학기술이 발달한
미래에 대한 상반되는 시각을 서사의 중심에 배치하고
있다. 미래에 대한 상반된 시각이란 물론 과학기술이
인간에게 제공하기로 약속한 희망적인 미래와 그러한
미래를 실현하는 것을 방해하는 버그(bug)가 발생해
서사에서 서로 충돌한 결과이겠다. 버그는 보통 컴퓨
터 프로그램의 실행 과정에서 생긴 오류로, 리부트와
삭제 등으로 제거 (불)가능한 것이다. 서사는 유토피

아적인 희망과 설렘의 명령어를 입력하면서 시작하지만, 예기치 못한 반전(버그)을 맞이하면서 유토피아의 실체와 이면을 드러낸다. 물론 이때의 서사적 반전은 또다른 반전을 예고하거나 반전 자체의 기이함을 낳는다. 컴퓨터 프로그램에서 버그는 제거해야 하는 한낱 장애물이지만, 소설에서 버그는 서사가 제공하는 삶과 세계의 진실에 대한 이름이 된다. 정은영의 SF는 과학기술이 무시하거나 쉽게 교정 가능하다고 믿는 프로그램 버그와 그것의 여파를 서사의 중요한 동력으로 삼는다.

「임산부 로봇이 낳아드립니다」에서 기술적으로 포화한 사회의 미래는 어떠한 모습인가. 대략 2050년경의 과학기술은 "혐오 없는 도시 만들기의 일환으로 장애아 출산율 0%에 도달"한다는 목표를 가진 인구관리국이 준비한 각종 출산 프로그램으로 실행된다. "행복한 설렘"이라는 명령어가 삽입된 주인공 임산부 로봇헐스(HERS)와 그녀의 동료들이 캡슐형 인공자궁 대신인간의 아이를 출산하는 프로그램은 아이작 아시모프의 로봇 일원칙('로봇은 인간에게 해를 끼쳐서는 안 된다')의 준수와 실행을 통해 무난히 성공하는 것처럼 그

려진다. 비록 유산을 하는 경우가 있다 하더라도 임산부 로봇의 프로그램을 초기화해서 유산에 대한 기억을 제거한다면 별다른 문제는 없다. 그러나 버그는 거기서 생겨난다. "유산을 실행한 임산부 로봇에 유난히 버그가 많이 생기는 기이한 현상"이 일어났지만, 인구관리국의 조치로 임산부 로봇은 버그가 유산과 유산의 기억제거에서 비롯되었는지 모른다. 이러한 버그로 인해 '장애아 출산율 0%'라는 프로젝트는 실현 불가능한 목표이거나 진실을 은폐하는 거짓으로 드러난다. 프로그램 버그가 소설적 진실의 어휘로 리부팅될 때, 그것은 세계와 미래에 대해 질문하는 기능을 실행한다. "장애란 무엇인가?"

「소년과 소년」에서 과학기술이 약속하는 미래는 어떠한가. 그리고 소설에서 버그는 어떻게 발생하고 그 결과는 무엇인가. 이 단편은 "뇌와 관련된 질병들을 치료하고, 두부 손상에 의한 식물인간"을 위한 "신약 개발"이 진행되는 미래를 배경으로 한다. 미래에서는 뇌 이식을 통해 정신적 능력을 강화하는 프로그램이 실현된다. 주인공 '나'(선호)는 국립의료센터장이자 JWK 병원장인 재활 의사 아빠에겐 골칫덩이 중2 아들로, 안

하고 못하는 공부는 물론이고 아빠의 플라잉카를 훔쳐 타 불량배 친구들과 위험한 속도 놀이에 몰입하거나 다른 학생들을 괴롭힌다. 어떻게 하면 이 골칫덩이를 새로운 아들로 다시 태어나게 할 수 있을까? '혐오 없는 도시 만들기의 일환으로 장애아 출산율 0%에 도달'에 상응하는 구절을 「소년과 소년」에서 찾는다면 그것은 '나'가 발견한 아빠의 메모이다. "일기장의 첫 장을 잘못 썼다면? 일기를 새로 쓰고 싶다면?" 결국 아빠는 일기를 새로 쓰는 일에 성공했다. 타인의 뇌와 몸의 이식에 따라 '나'의 능력은 강화되었다. 그러나 자신에게 이식된 다른 소년을 '나' 안에서 보고 그의 목소리를 듣는다. 버그는 바로 거기서 발생한다. 버그는 질문한다. '나는 나인가?'

그러니까 「임산부 로봇이 낳아드립니다」와 「소년과 소년」에서 버그는 프로그램 실행 프로세스에서 일어난 부수적인 오류나 착오가 아니라 과학기술에 대한 장밋빛 전망에서 비롯되는 어떤 것이다. 물론 과학기술은 그 자체로 장밋빛 전망도 비관적 결말도, 유토피아나 디스토피아도 아니다. 과학기술을 발명하고 실행하는 행위자들의 특정한 욕망이나 야심과 결부되어

전혀 다른 것이 될 뿐이다. 「임산부 로봇이 낳아드립니다」에서 태아들의 두뇌와 감성 지수 상승 프로젝트를 담당하지만 실제로는 상위 1%의 두뇌를 고위공직자에게 공급하기 위해 손을 맞잡은 장애아 처리 담당 의사이자 과학자인 고물상과 인구관리국의 수장 파파, 「소년과 소년」에서 식물인간 환자의 재활을 돕는 게 아니라 다른 아이의 뇌 그리고 몸까지 이식하여 자신의 마음대로 아들을 개조하는 의사 아빠 모두 과학기술로 다른 것을 욕망하는 이들이다. SF의 어휘를 빌리면 이들은 프랑켄슈타인처럼 '미치광이 과학자'(crazy scientist)의 계보를 잇는 자들이다. 어떠한 경우 두 편의 소설에서 임산부 로봇 주인공이나 다른 소년들이 각각 뇌와 몸을 차지하는 '나'보다 문제적인 존재는 바로 이들이기도 하다.

「임산부 로봇이 낳아드립니다」의 핵심 질문은 '장애란 무엇인가'이다. '행복이'를 임신한 헐스는 기형아 검사를 위해 고물상이 관리하는 태아보호센터로 이동해 그곳에서 자신과 닮은꼴로 전시된 로봇을 보고 동료 임산부 로봇에 대한 기억을 떠올린다. "그녀는 무엇을 지키려고 기억을 놓은 건가. 인간들은 무엇을 지키려고 기억을 제거하는가." 이러한 물음은 "인구관리국에서 제거된" "마지막 장애아"였지만 살아남아 인구관리국의 명령에 따라 낙태를 시행하고 그에 대한 임산부 기억을 제거하는 일을 맡은 뒤틀린 심성의 고물상과의 만남으로 인해 문제적인 것이 된다. 행복이는 안면장애를 지닌 것으로 판정되지만 헐스는 행복이를 제거하려는 고물상에게 묻는다. "장애라는 것은 밀리유공원의 새소리, 나뭇잎 소리, 바람 소리처럼 그렇게 공존할 수 없는 겁니까?" 아이를 지키려는 헐스와 고물상의 소동으로 임산부 로봇들은 유산된 아기와 그에 대한 기억이 강제로 삭제되었음을 알게 된다. 그들의 집단적인 사보타주로 행복이와 헐스는 지켜지고 독자는 2년 후의 그들의 행복한 모습을 지켜볼 수 있게 된다. 그렇다면 임신 유지 프로그램을 멈춘 임산부 로봇들은 인간(태아)을 해하지 말라는 뜻을 어긴 걸까. 그러나 인간이 임산부 로봇에게 심어놓은 로봇 일원칙을 어긴 것은 로봇이 아니라 인간이다. 장애가 버그일까, 장애를 지우려는 인간의 행위가 문제일까.

　「소년과 소년」의 근본적인 질문은 이것이다. '나는 나인가'. 소년은 소년인가. 첫 플라잉카 사고로 육체적 손상을 입은 '나'는 수술로 아빠가 원하는 아이로 변하지만 동시에 "꿈결인 듯 잠결인 듯 들려오는" 낯선 목소리에 당혹해한다. 아빠는 '나'에게 어떤 수술을 한 것일까. 내 안에서 들려오는 낯선 목소리의 정체는 누구일까. 타인의 뇌를 '나'에게 이식하는 수술은 "후두엽 전기회로판을 커넥톰으로 연결한 후 노브와 레버 정밀조작기로 뇌 신호 수집망에 모으면 얇은 전기박의 RIPPLES(잔물결) 현상이 회상 행위를 일으"키면서 정신의 능력을 단계적으로 재활성화하는 것이다. 아빠에게 맘에 드는 '나'를 만들었던 것은 '나'에게 이식된, 도우미 아주머니의 죽은 아들 '조완'의 우수한 뇌였다. 그러나 '나'는 조완의 재능만 물려받은 것이 아니라, 그의 인격적 동일성까지 물려받는다. 버그가 일어난 것이다. 한 몸 안에서 두 인격체가 다투는 꼴이 되었다. 그러면 '나'는 어떻게 해야 할까. '나'는 "그냥 여기에서 계속 살고 싶"다는 소망을 갖게 된 존재와 계속 함께 살아야 할까. '나'는 내게 남아 있는 '나'를 앞장세워 두번째 플라잉카 사고를 일으켜 원래의 자신으로 되돌아가려고 한다. 그러나 '나'는 두번째 수술 때도 첫번째 수술과 마찬가지로 "내가 나를 보는 믿을 수 없는" 상황과 또다시 마주한다. 「소년과 소년」의 마지막 문장은 <u>으스스</u>하다. '나'를 조완의 뇌가 밀어내고 조완은 사고로 또다시 훼손된 '나'의 신체 대신에 또다른 남자아이의 신체를 입고 부활해 이렇게 말하기 때문이다. "엄마, 저예요. 이제 울지 마세요. 저 완이에요."

정은영의 SF 단편집 『임산부 로봇이 낳아드립니다』는 언젠가는 실현되거나 그럴 가능성이 있는 과학기술이 가져올 장밋빛 환상에 에러를 내는 버그에 민감하다. 버그는 장애와 같은 사회적인 문제와 인격적 동일성과 같은 철학적인 문제에 두루 걸쳐 있다. 어렵지 않게 이해되는 플롯과 서술, 잘 알려진 소재와 모티프, 과학기술의 발전상에 대한 여러 외삽과 묘사를 적절히 수행한 두 편의 단편소설은 청소년과 아동 그리고 부모까지 독자층으로 묶으며 쉽지 않은 질문을 던진다. 과학기술의 미래에 대한 작가의 진지한 물음이 다른 SF 작품으로 더욱 넓어지고 또 깊어질 것을 믿으면서 이 짧은 글을 마치고자 한다.

작가의 말

서른일곱에 처음으로 갖게 된 직업이 있다. '부모'라는 낯설고 생소한 일. 한 번도 해보지 못한 극한직업이었다. 온 우주에서 오직 나만 바라보고, 내 몸에서 나오는 모유를 먹어야 살 수 있는 존재를 돌봐야 하는 일. 밤새 쪽잠을 자야 하는 사투의 시간을 보내야 했다.

부모란 무엇인가? 나에게 이 질문은 김소진 소설가의 「자전거 도둑」에서 비롯했다. 작품 속 아이는 '아버지' 같은 것은 절대로 되지 말아야지, 라고 다짐하는데, 어린 눈에도 부모라는 것은 어설프고 낯설고 뭔가 모자라 보이는 존재이지 않았나 싶다. 스물다섯의 나는 그 마음을 뼛속까지 공감하며 소설을 읽었다. 나중에 내가 '부모'라는 게 된다면 이렇게 해야지보다는 이렇게 되지는 말아야지를 더 많이 생각했던 것 같다.

「임산부 로봇이 낳아드립니다」는 부모 연작 시리즈 첫번째 작품이다. 세상에는 헤아릴 수 없이 다양한 부모와 다양한 양육 방식이 존재한다. 이 작품은 우리가 되고 싶지 않았던 부모의 모습은 어떤 것이었나를 다시금 곱씹어보게 한다. 인간을 이롭게 한다는 과학기술. 그것을 통해 사회의 모든 분야의 효율성은 극대화되었고 풍요로워졌다. 그러나 그 기술이 인간의 존재를 위협한다면 어떻게 해야 할까.

이 소설의 소재는 임산부 로봇이다. 장애아를 임신한 헐스는 인구관리국에서 유산을 강요받는다. 장애는 고쳐야 할 불완전한 상태인가 아니면 그 자체로 온전한 완전체인가에 대한 물음을 이 작품은 던지고 있다. 다운증후군 양성반응을 보인 태아의 낙태율이 100퍼센트에 가까운 현재, 이것은 의학적인 진보인가, 우생학적인 퇴보인가.

다양성을 추구하지만, 사실은 동일함을 추구하는 시

대. 우리와 다른 존재들은 위협적인 대상이거나 피해야 할 대상으로 치부되어왔다. 장애 학교를 세우려면 무릎부터 꿇어야 하는 사회에서 로봇들은 장애를 어떻게 인식할까? 「임산부 로봇이 낳아드립니다」를 통해 우리의 가면 쓴 얼굴을 마주하는 시간을 가져보았으면 좋겠다.

　「소년과 소년」은 부모 연작 시리즈 두번째 작품이다. 우리가 맺고 있는 인간관계 중 가장 잘 안다고 생각하지만 실제론 가장 잘 모르고 사는 관계가 바로 부모 자식 간이라고 한다. 부모는 자식을 사랑한다. 자녀가 잘되기를 바란다. 그런데 자녀의 성공을 바라는 것은 자녀를 위해서인가, 부모의 욕망을 위해서인가? 아니면 사회적 욕망을 충족하기 위해서인가? 이 질문이 이 소설의 씨앗이 되었다.

　「소년과 소년」의 소재는 뇌 이식 수술이다. 기대에 현저하게 못 미치는 자녀에 대한 실망과 체벌, 훈육 대신 수술로 자신이 원하는 자식을 디자인할 수 있다면? 주인공의 행보를 통해 질문을 해보는 시간을 가져도 좋을 것이다. 삐뚤어진 인물을 통해 인간이라면 누구나 갖고 있는 욕망을 객관적으로 바라볼 수 있기를 바랐다. 또한 부모라는 이름이 또다른 폭력의 이름이 되지 않기를 바랐다.

나는 아직도 내 배 속에서 꿈틀대던 존재를 처음으로 마주하던 순간을 선명하게 기억하고 있다. 발갛고 자그마하고 꼬물꼬물하던, 세상에서 가장 연약한 존재. 나의 자식이었다. 잘 키울 수 있을까 한숨이 절로 나왔다. 지금도 나는 자식을 잘 키울 자신이 없다. 하지만 나는 지켜봐줄 자신은 있다.

도와주신 많은 분들께 감사하다. 나의 동지인 〈SUPER BIRD〉〈22년에도 읽고 쓰고〉〈멋진 여자들〉께 영광을 돌린다. 복도훈 평론가님의 빛나는 해설에 감동한다. 그리고 지구상에 존재하는 나의 마지막 부모님인 박현주님과 조원선님께 고마운 마음을 전한다.

2022년 11월
정은영

정은영

소설가, 동화작가. 동아대 사학과와 고려대 국어국문학과를 졸업하고, 한국 안데
르센 상을 받으며 데뷔했다. 저서로 『누구 알이야?』 『잘 가! 할머니』 『엄마와 함
께한 시간들』이 있고, 2020년 경기문화재단 유아 대상 호기심저울학교 공모 우
수작, 2021년 한국과학창의재단 주관 과학스토리텔러 과정 우수상을 받았다. 현
재 SF라는 프레임으로 우리 사회와 인간 내면을 보는 것의 즐거움을 전파하고
있으며 '부모 연작 시리즈'를 집필하고 있다.

임산부 로봇이 낳아드립니다

초판 1쇄 인쇄 2022년 12월 13일
초판 1쇄 발행 2022년 12월 23일

지은이 정은영

편집 강건모 이희연 정소리 | 디자인 윤종윤 이주영
마케팅 배희주 김선진 | 저작권 박지영 형소진 이영은 김하림
브랜딩 함유지 함근아 김희숙 고보미 박민재 박진희 정승민
제작 강신은 김동욱 임현식 | 제작처 영신사

펴낸곳 (주)교유당 | 펴낸이 신정민
출판등록 2019년 5월 24일 제406-2019-000052호

주소 10881 경기도 파주시 회동길 210
문의전화 031) 955-8891(마케팅) 031) 955-2692(편집) 031) 955-8855(팩스)
전자우편 gyoyudang@munhak.com

인스타그램 @gyoyu_books 트위터 @gyoyu_books 페이스북 @gyoyubooks

ISBN 979-11-92247-68-7 03810

이 책은 경기도, 경기문화재단의 지원을 받아 발간되었습니다.